es 1429

edition suhrkamp

Neue Folge Band 429

Geier sind pünktliche Tiere ist der zweite Gedichtband des in Wien lebenden Lyrikers und Erzählers Robert Schindel in der edition suhrkamp – nach *Ohneland*, erschienen im Mai 1986.
Peter Demetz schrieb in der »Frankfurter Allgemeinen Zeitung« über *Ohneland*: »An seinen Gedichten hängt der Schorf, der Lehm und das Stroh der unmittelbaren Erfahrungen; Lyrik als Fiakergulasch aus zarten Liebesliedern, kryptischen Reflexionen in hanebüchener Prosa, melancholischen Vagantenpoesien aus dem ontologischen Exil, Variationen auf Paul Celan und Walter Benjamin und auch – ob Schindel das so will oder nicht – Erinnerungen an François Villon.«
In diesem Zyklus – an *Ohneland* anschließend – untersucht Schindel die Befindlichkeiten der »Postmoderne«, u. a. die neuen Innerlichkeiten, die alten Mystizismen, die modischen Rituale. Er rechnet ab mit dieser »Machtzeit und Nichtszeit«, über der »die Geier stehn«. Doch finden sich auch zarte, sehr poetische Töne: für das »gescheite Mädchen in Berlin« beispielsweise.

Tableau der Betroffenheiten im Freien 24. 4. 1987

Robert Schindel

Geier sind pünktliche Tiere

Gedichte

Suhrkamp

edition suhrkamp 1429
Neue Folge Band 429
Erste Auflage 1987

Erstausgabe

Satz: LibroSatz, Kriftel
Druck: Nomos Verlagsgesellschaft, Baden-Baden
Umschlagentwurf: Willy Fleckhaus
Printed in Germany

1 2 3 4 5 6 – 92 91 90 89 88 87

Für Dorothee Stumpfögger
und Christof Šubik

Kapitel 1

Königinnenschnee

Lieblied 7

Wenn die Liebe eine große Produktion ist
Auf ein Drittes sich bezieht in
Gesellschaftlicher Hinsicht und auch
Die Sinnlichkeit von dieser Welt ist
Aber auch mir angehört in bezug auf dich
Möchte ich
Kannst du sagen, wieso, daß
Du mich hutschst.

Hutschst, ich will verdammt sein
Wenn ich nicht hutschen kann und dabei
In deinen Augen unter den Lidern
Ein Geschnurre sehn und du in meinen
Ein Geschnurre auch.

Redeballade Eistrauer und Blütenschnee

Oj, wifil Owentlech zusammen gesessen
Oj, wifil Owentlech, schpejt in der Nacht
Oj, wifil Trerelech mir hobn fargossn
Oj, bis wir hobn die Libe zusammengebracht

Jiddisches Lied

1

Mir hat einmal ein Mädchen gesagt
Es war Marlen
Ich werde dich mit allen Hunden jagen, aber
Bis heute hat sie sich nicht gekriegt
Mir hat einmal ein Mädchen gesagt
Es war Noemi
Ich komm und komm und komm von dir nicht weg, aber
Bis heute sitzt sie in sich drinnen

Mir hat einmal ein alter Freund gesagt
Es war Toni
Keine Angst, du fällst immer auf deine Füße, aber
Er ist gestorben
Mir hat einmal ein alter Freund gesagt
Es war Jens
He, nimm dich nicht so wichtig, aber
Er ist in den Gottheiten

2

Allerhand was sich in gewissen Berichtszeitläufen
Angeschwatzt hat und sich nun aufstapelt
In den riesenhaften Ohren voll mit Geduld
Allerhand was ich retourfußlig geredet
Wie so ein Leuchtturm in alle Richtungen um die eigene
Achse.
Aber was will ich nach allen Vergeblichkeiten?

Ich will einem Mädchen sagen
Es ist Maria
Ich werde dich mit allen Hunden jagen
Ich komm und komm und komm von dir nicht weg
Keine Angst, du fällst immer auf deine Füße
He, nimm dich nicht so wichtig

Und habe mich nicht gekriegt
Und sitz in mir drinnen
Sterben sterb ich jeden Tag
Von Gottheit zu Gottheit

3

Du,
Ich mein ich
Habe mich total
Eingeliebt in dich
Ich mein in mich
Hast du dich

Nun ist Schluß jetzt
Lassen wir es uns gut gehen
Dann gehen wir gut
Wie soll das gehen. Lutschen
Wir an unseren wienerischen Eiszapfen.
Unsere Schneeblicke, kochen
Wir sie und würzen. Wir züngeln
Sowieso in den Bewegungen

4

Mir hat einmal eine Frau gesagt
Es war Maria
Ich will nicht ich mag nicht ich geh
Ciao ciao ruf mich nicht an greif mich nicht an
Schrei mich nicht an geh mich nichts an, aber
Ich hab sie zurückgeholt
Mit meinen Schneeworten und der unausrottbaren
Eistrauer in den Wimpern

Ich hab einmal gesagt
Hau dich über die Häuser
Zum Papa zum Sohn zum Prinzen
Ist voller Weiber oder aber
Sie hat mich hervorgezogen hinter der Mor
Hervor mit ihren Ohrenworten und dem unausro
Blütenschnee in den Pupillen

Nun jetzt aber ist Erntezeit
Aber jetzt nun

5

In den Berichtszeitläufen die noch
Auf uns kommen
Wird auf uns kommen
Was ich womöglich
Dann berichte
Ohnedies leben leb ich jeden Tag

Manchen
Sovielgern mit Immerniemarie
Keinen
Ohne niemand
Jeden
In beiden Dämmerungen

…ädter Tanzlied

…habe Lust auf Lüftesprünge in den Winterwiesen
…uf Entenparlamente auf dem dünnen Eis zu Heustadel
Auch auf die nackten Misteln in den Jesuitenbäumen
Bekommen hab ich Lust, fest in die Luft zu beißen.

Mit welchen Zähnen in welch kalten Wintern?
Ich frags nicht aus. Will mit der Freundin
Eisküsse tauschen und ums Lusthaus rennen.
Habe die Gier so sehr nach Königinnenschnee.

2

Das ists, was mir gefällt an mir: so ein Gefallen,
Ein wienerisches Wurzelziehn, ein Rustenschacher Nebel,
Ein Schüttelstraßenwind mit dem gewiegten Orion
Der auf die Simmeringer Lände schaut.

3

In diesen knochekalten innerlichen Wintern
Daweil ich doch allein bin und es Kröten regnet
In meinen Träumen wird die Lust ganz aberwitzig
Und beißt der Wind zurück. Mir machts nichts aus.

4

Die Hauptallee entlang humpelt mein alter Freund
Der Kärntner Urslawone aus Kagranien
Und möchte Wurzelziehn beim Bildermalen.

Ich hüpf daneben, bis um halba fünf die Krähn
Den Himmel rupfen
Vor sie in den Schlaf verfallen.

Da werd ich torkeltanzen und die Roßkastanien
Setzen das Abendlicht in ihre Schunkelhöhn.
Ich hab den Schlund voll Lust, indes die Fröste gehn.

Sehnsuchtstraktat aus Athen mit Ägina

1

In manchen Gegenden werden die Olivenbäume
zweitausend
Jahre und alt, sie wachsen von innen nach außen, wie
Zu vermuten ist.

In manchen Gegenden wächst die Phantasie von außen
Nach innen, sie läßt als Zeugnis eine Einstülpung an
Den Äußerlichkeiten zurück.

Diese wird identifiziert in wieder anderen Gegenden
Mit Liebe, mit endlicher Liebe. Dies alles
Wissen wir bereits.

2

Doch als wir ankamen
Dort die Schatten noch
Nach den unausgesprochenen Dürsten
Entfernter Kindlichkeit schmeckten
Aber die Sonne
Der nahen Gegenwart
Keine Milderung
Verhieß, blieben wir

Düster stehen unter
Solcher wolkenleeren
Erbarmungslosigkeit bis
Uns Olivenhaine
Einfielen in denen
Wandelnd einst und
Jetzt alles ganz anders
Sein mag.

3

So tat ich
Den Olivenzweig
Ins Gesicht und bin
Es wieder.
Ein merkwürdiges
Lächeln.

Krötenlied

Die ferne Geliebte verstimmt
Ich im Wirtshaus fern
Ein Kärntner Landler erklingt
Ich kann meine Kröten hörn:

Die Geliebte ist nicht geliebt
Ich fort aus dem Wirtshaus, hin
Zum Park, dort der Brunnen liegt
Da ich gekommen bin.

Mit meinen Nattern im Gehäus
Dort ich mich zusammenreime
Preß im literarischen Gesäus
Die Wasser aus dem Steine

Nachts, der Traum geht fern
Und weg von Steinen und Wassertonnen,
Schweigt ober mir jener Stern
Auf dem ich bin willkommen.

Meine Freundin im Juli, ich immer
Und immer hinterher
Bis in die heutigen Trümmer
Kann ich sie nicht mehr.

Hab ich schon so genug
Und genüge doch kaum.
Der Stein fällt auf den Wasserkrug
Die Scherben zerreißen den Traum.

Die entfernte Geliebte verstimmt
Ich fahre zurück nach Wien
Dort der Regen den Stein berinnt
In dem ich zu Hause bin.

Lieblied 8 (Über hinterm Berg)

Aber dann als die zwittrige
Situation voller Angst und inmitten
Beginnender Karststürme unerträglich
Zu werden drohte grad da
Begannen wir nach Süden
Zu fahren in Marys
Neuem weinroten Maladjez. Heraus
Kam unser aller Sonne, da sich
Die Nebel lichteten. Ich beruhigte
Mich, denn wir gingen auch
Über die Wiesen und hinein
In den Wald der
Fuchsfallen. Mir wars so leicht und
Marys Mund schmeckte

Aber schließlich senkte sich die
Stunde der Interessen. Abermals
Brach der Sturm los. Nicht vom Karst
Kam er, sondern von Sinnen
War ich. Ertrank in den Augen
Die noch offen
Blieben als ich
Längst nordwärts
Dem Morgen entgegenschlief.

Klage des Grautiers

Rundherum blüht die Natur auf. Südwinde reisen
Die Farben kommen herein, auch Falter vorm Fenster
Hinten wirft das Sonnenlicht die Tapeten auf
Ich mittendrin im Gestöber der Buchstaben,
schwarzlahm

Stumm, aber die Blicke gehen aus den Satzzeichen
Rundhin zu den Aufbrüchen, scheiden
Von ihren eigenen Augen, bis sie geschluckt sind
Von den frühen Libellen, den späten Nebeln

Graulahm ich, in allen Farben lahm bald.
Doch tropfen die Buchstaben mir in die Augen
So daß ich der ganzen Natur ein entfernter Rand bin.
Aber die Gedankenströme schieben mich auf mich
zurück

Sie sausen sie murmeln lautlose Schreie
Spielen mit meinem winterlichen Echo. Heraus aus
Den Buchstaben mit einem Satz brech ich aus.
Die Landschaften aber verstummen.

Kapitel 2

Rattennacht

Ende der Trunkenheit II (Die Krankheit Anettes)

Für Gerty

»In diesen Nächten packt mich kein Verlangen«
Tot ist mir worden der Hautgürtel an den Lenden
Die Schreie der alten Dame halten meinen Traum
gefangen
Ich kann ihn folglich nicht für dieses Sinnlichjöh
verwenden

Auch bläst der Wind des heurigen Dezembers
Die Lichter meiner Hoden aus, statt dessen
Kristallisiert das Atemholen in diesen Kältenässen.
Und Ratten wüst: Das Leben lebs und stirbs und änders!

Auch in den Straßenschluchten fegen die Laternen
Die Schlageschatten in die Furcht der Passagiere
Da fällt ein Lächeln ab, so frühe, fettig und vom
Rattentiere.

Ich wach an meinen Alben auf und stiere
In alte Augen, diese stieren in die Fernen
Die ich unter den Dämmerungen nun muß
kennenlernen.

Da ist Annette, sie schreit und weint
Daweil Vergangenheit und Zukunft sich vereint
Daweil von unten her wir alle sie auffressen.

Und Ratten wüst: Das Leben leb es beim Vermessen!
Der Atem flieht wohl schon beim Trocknen wie beim Nässen . . .
Maman Annette wird von der zweiten Dämmerung verleimt.
Und endlich wird das Mädchen satt durch Angstvergessen.

1. Schweigepsalm

Ich schweig schon eine Weile durch die Gegend. Hört ihr
Wie geschwätzig in alle Himmelsrichtungen keine Silbe fährt?
Was für ein Ereignis, da ich mürrisch alle Hoffnungen
Anschweig. Das gehet dahin. Darin messe ich mir
Die Zeit an, die ich trage, wenn ich schon einmal rumkomm,
Die Umgebungen besuche. Woher nun der Applaus?

Unvermeidlich wird jedem Schweiger der Beifall folgen.
Unumgänglich erhält der Blinde das letzte freundliche Lächeln.
Die Gesetze der Rattennacht sind apostolisch, da bedarf es
Einer exakten Fühlung. Alles andere laufet
Auf Schienen und Autobahnen wie von selbst. Die Ratten
Pfeifen: Ah so, mein morgiger Tag ist in der Debatte.

Wenn ich zu reden beginne, fällt mir die Zeit zu den
Schuhen.
Gewöhnliche Wörter, in langen Entscheidungsträumen
ausgewählt
Beleuchten meine Nacktheit dann, aber je nachdem in
Welche Himmelsrichtungen der Wind die Angst weht,
vermag ich
Durch ein nachgejagtes Schwatzschweigen die
irritierten Apostel
Meiner Zukunftsverwaltung grad noch zu
beschwichtigen.

Hernach möcht ich mein neues Schweigen mit
Pfeifgeräuschen mir einleiben.
Solidarisch lächle ich dem Blinden zu, der dort über die
Schienen
Geführet wird. Wisch auch in der Abendstimmung mein
Geschlechtsteil
An der oder jenen Zärtlichkeit ab. Gehe mit
ausgebreiteten Armen ins
Lockere und Abendgebet. Überweise den Lachern die
morgige Tageskühlung
Lehne mich verpuppt und genußsichtig in meinen
abgebratenen Traum.

2. *Schweigepsalm*

Nun hat sich eingebürgert ein aktuelles Tragen von
Ohren, welche
Unempfindlich gegen die eigne Trompete vom Kopf
wegstehn
Im Winkel der Zeit. Einsam ist jedes der beiden, aber
veredelt
Und eingestimmt auf freizeitlichen Sound und
Pflichtgeflüster.
Häufig werden nun semipermeable Wortsperren
eingebaut, die zugleich
Den Ohren jene Erhabenheit verleihen, welche man
benötigt
In den sakralen Zeitaltern.

In Portionen, wegen Suchtgefahr, verabreichen wir
Literaten
Zu diesen förmlichen Ohren unser Schweigen. Ich selbst
Seit meiner Geburt Vorleimer beim Wörterdrechseln
Saß noch eine Weile unter meinen Schätzen
Habe mich umgestellt. Zwar hört ihr mich noch Sätze
stellen, aber
Immerhin sind sie schon überzogen mit fiberfasernem
Sound

Ich glaube, kleinere Schweigepfiffe haben die neueren
Gehörknöchelchen bereits passiert. Ich komme, wenn
auch spät,
Auf die Vormerkliste der allgemeinen Liebe. Seht, meine
Trompete senkt sich schon hin zur Erde. Meine Pfiffe
auch
Bezahnen nun die gemeinsame Nacht.

Ende der Trunkenheit I (Frostbeginn)

Was man mir sagt, schwimmt ans äußerste Ende
Eventueller Verstehbarkeit. In den Gasträumen tönt
Was sich zwischen den Weinschwaden noch verlöhnt
Rausgehn, Ohrfeigen, Atemwende.

Ich hab eine Sehnsucht, sie robbt von mir fort
Ich hab ein Prinzip, das ist illegal
Ich besteig meinen Wünschberg und lande im Tal
Dort ist mein Wille, der bleibt mir als Ort.

Kommen die Betrunkenen hineingestürzt in meine
Trunkenheit
Fallen die Verzweifelten in meine Verzweiflung und
stopfen sie
Die Endlichkeiten fiedeln ihre hausbackene
Unendlichkeit.

Die Winde blasen, geduckt vom Frost. Aus
Brüderlichkeit
Verbind ich mich halt mit der zeitgeputzten Harmonie.
Doch der Frost macht mir die Gedanken ganz zapfig.

So entkopfen sie.

Atemlied

Die Anfänge nach dem längeren Schweigen
Das schon hinunterwuchs ins alte Zitterspiel
Sind ausgeborgt von ihm und zeigen
Auf frühere Gebärde, ungenau und viel zu kühl

Vielleicht ists doch das Hellerwerden
Inmitten innerlicher Rattennächte
Die langsam an der Frauenliebe sterben.
Dünnere Schatten da und dort. Ich möchte

Mich trollen mit Geknautsch und Silbenkrusten
Und Denkeschnurren aus dem Schweigexil
Auch fiedeln will ich wieder aus dem Vorbewußten

Gegen das herrschaftsübliche Apostelspiel
Dort sich das Leben lebt im kargen Widerwill
Und locker Ratten sich durch ihre Nächte husten.

Unterbelichtete Filmrollen Selbstmord Sigi Denk Menschenkind

Für Gerlinde Obermair,
posthum

ERSTE ROLLE

Sigi Denk, der Radrennfahrer, den die Zeitungen
Fertiggemacht haben, ich wollte mit Lucky
Sigi Denk hat von selber begonnen, aber andere
Haben ihn fertiggemacht wollte ich
Schon vor zwei Jahren mit Lucky einen Film machen
Über Sigi Denk Menschenkind, das riesige
Radfahrtalent, das
Schwierigkeiten hatte mit dem eigenen Kopf, wollte
Ich mit Sigi. Ich will vieles, da sitz ich
Um dreiviertelzwölf nachts vor der APA-Meldung,
Sigi Denk hat sich als
Einunddreißigjähriger in der Wohnung
Seiner Freundin, die ihn
Vielleicht verlassen
Wollte aufhängen können.

ZWEITE ROLLE

Seit Jahren brachten die Zeitungen verschiedene Schreie
und
Schreiteile im Format ihrer Sportseiten unter, ihr wißt
es, wie
Diese Sorte Druckerschwärze geröntgt hat seinen
Ehrgeiz mit
Den Kontrastmitteln, aus denen Medaillen und
Maulkörbe
Angefertigt werden. Vor unseren Augen
Ward ein Großer Vogel Sehnsuchts-Ich gerädert,
angetrieben
Von ihm selbst, auf Touren gehalten und
Schluchtgesteuert von den
bizarren Schlagzeilen der verkrachten
Katecheten aus
Dem Sportgesäuse.

DRITTE ROLLE

Lucky hat sich nicht so sehr dafür interessiert, ich habe
Mich nicht so sehr dafür interessiert, ich will vieles, die
Katecheten haben sich interessiert für ihn, seit vor mehr
Als einem Jahrzehnt sein Talent aufging überm
Radfahrvorland.
Von den Hügeln ist er gesprungen. Aufwachten die
Verdrossenen Radfahrreporter, die ewig mit ihren
Artikeln

Hinter Burschen nachschreiben mußten, die hinter
Den guten Radfahrern ewig hinterherfuhren, sprang
Sigi
Von den Hügeln. Da war er na so was ein möglicher
Österreichischer Merckx, ein radfahrender Schranz,
aber
Achtung noch sehr jung aufgepaßt hoffentlich, wir
Haben was, auf der Stelle kommst du
Heraus. Wird das ein Idol, insbesonders
Für die Jugend?

VIERTE ROLLE

Die ersten Schreiteile folgten, als Sachverständige auf
dem
Gebiet des Buckelns und Tretens, Radfunktionäre und
ihre
Kettentrainer dem sieghungrigen und von sich
überzeugten
Siegfried Denk befahlen, eine Österreichrundfahrt
Nicht zu gewinnen. Man nennt sowas einen Stallordner,
aber
Sigi wähnte sich auf der freien Bundesstraße der
Rundfahrt. Barsch
Wurde er in den Stall geschlichtet, verschiedne
Interessen, die
Dem Denk egal waren, aber an denen geht kein Junger
vorbei.

Die Presse feierte dann einen alten Hintennachfahrer
und verwies
Auf die Knackwurst, welche als Zukunft Speiche für
Speiche
Vor so einem Jungen liegt: Disziplin Denk was glaubt er
was
Er schon ist, und öffentlich ward der Betrogene
Seiner Schreiteile wegen zusammengeknipst in die
Goschn gelobt
Und stand da vor dem Volk
Als Rotzpiepn mit den
Glänzenden Aussichten.

FÜNFTE ROLLE

Ich wollte mit Lucky einen Film machen über die
Widersprüche
Eines wunderbaren Radfahrers, der seine
Empfindsamkeit zehn
Jahre lang niederspurten mußte. Das war das Strampeln.
Als er angeblich Haschisch rauchen und zu trinken
begann
Wars natürlich aus mit ihm. Es ist nicht so gewesen
Daß er nicht vorher versucht hatte, sich zu bessern zu
Einer durchschnittlichen Artigkeit, mit der er aber
Überdurchschnittlich rennfahren sollte.

SECHSTE ROLLE

Das schaffte der Denk nicht. Das war der Schranz; zu
einem Schranz
Konnte der Denk sich nicht überwinden. Er schrie
Einfach herum, verstieß gegen die Gesetze der
Kadaverkameradschaft
Sodaß man ihm buchstäblich das Rennrad unterm
Hintern
Wegzog, ihn nach den Buchstaben des Statuts, an dem
divers
Gehärtete Schlagzeilen hingen, in den Boden stampfte,
ihr wißt doch,
Es gab bunte Meldungen über den Salzgehalt seiner
Tränen. Er aber
Erfuhr von Begnadigungen auch, was nicht gar,
unendlich
Geduldige Sportjournalisten
Bewilligten ihm eine letzte
Chance nach der andern.
Das war dann das Strampeln.

SIEBENTE ROLLE

Wars aus. Ein Sportler, in dem sich durchs
Medienröntgen
Eine Nation anschauen will, indem sie ihr Kontrastbild
Anschaut, muß einfach sportlich sein, abwürgen
Seinen Widerspruch und ich
Muß jetzt das Gedicht schreiben, im Dunkel belichten. So
Siehts auch aus. Unbeholfen werden immer
Die Sachen, die ich machen muß. Ich will viel, muß
Statt mit Lucky den Film gedreht zu haben, mit bloßen
Worten hintendrein belichten, ich
Einer, der immer was will, steh da. Mich durchzieht jetzt
eine
Kalte Trauer um Sigi.

ACHTE ROLLE

So siehts auch aus. Das sind Zeiten, in denen
Sportjournalisten bereits die Barbarei exekutieren. Einst
War das vorbehalten mächtigeren Leuten.
Das sind Zeiten, in denen
Literaten und Filmemacher
Wenn sie zu lange zögern
Plötzlich das ängstlich geheimgehaltene
Verwandtschaftsverhältnis offenbaren müssen zu
Den Geiern.

NEUNTE ROLLE

Muß ich mir sagen für Sigi: Als du aufbegehrtest
Warst du als Radfahrer schon so gut
Wie tot. Dein Kopf, trotz deines genialen Fahrstils, war
Zu wenig gesenkt, so daß die Tritte deiner
Chancenförderer den Kopf trafen statt den Buckel, wie
Es üblich ist, wenn man den Chancen nachfährt. Was
Wunder Sigi
Menschenkind, wenn du
Irre wurdest an diesen
Irren Zeiten.

ZEHNTE ROLLE

So sehen die aus, in denen
Der Radfahrer Sigi Denk, bevor ihn seine Liebe
Angeblich verlassen wollte
Aus Angst sich anhängen muß
Am Haken eines sehr
Robusten Durchlauferhitzers und auskühlt.

ELFTE ROLLE

Was willst du reg dich nicht auf es gibt Tausende die
Wär er nicht Spitzensportler geworden
Wenn ers nicht aushält. Ein Spitzensportler
Muß außer Talent einen Charakter haben. Ich will
Viel, es gibt Tausende und es ist
Vornehmer auch
Anonym zu ersticken im Breitensport
Des Lebens an den Talenten und Fähigkeiten, die nicht
Gefragt sind. So
Geschiehts auch. Es nährt
Die Lokalreporter leidlich bei
Auffälligem Abgang

Kapitel 3

Aschenjuchhe

Wanderlied

1

Aufwärts gehts
Die Geduld im Nacken

Der junge Schnee
Ist angebrunzt
Von den gleichgültigen Kötern
Die den Jänner bewachen

Zwar ist es still auch
Im verlassenen Chinatown.
Die Saatkrähen aus Sibir
Verrichten dort ihre Andacht
In aller Ruhe

2

Lautlos schleich ich
Aus der Jännerhaft

Meinen Orion im Blick
Erreiche ich beim Frostekuß
Oberhalb der Jammerlappenhütte

Den Februar.

3

Aufwärts gehts.
Die Geduld aber
Zerbröselt mir den
Lustknödel
Im Kehlkopf

Kältestrom 4 (Was verlorengeht)

Die Tempelritter nicht. Der Tempel ist ein Schlot.
Ideologen keine. Die Idee fährt in den Himmel
Und fällt, und zählt die Haare der Gemeinen, kräuselt
Die Zungen der Ergebenen. Fortgeschritten ist die Not
Hinein in jeden Atemzug. Das innere Gebimmel
Aus allen Kirchen führt die Wörter hin zum Einfaltslot.
Ideentempel bleiben
          Von da
                    Wird rausgesäuselt

Die Zeitung nicht. Die Zeit ist ausgetrieben
Vom Ort. Ihm bleibt der Kommentar
Musik ist allerorten, in deren Zungennoten
Fehlt kein Gemälde, alle Farben sind geblieben
Überall Kunst. Jedwede Äußerung ist wahr.
Die Augenblicke allenfalls erfrischen und ermüden
Zeitorte bleiben
          Sie durchwachsen
                    Unsre Toten.

Natur? Im Gegenteil! Die wächst in jede Richtung
Als Staat, als Friede und als Liebespakt
Spontaner als jemals wird alles zu Natur
Selbst in der alten Wüstenei Lichtung auf Lichtung.
Bei den gemeinsten Säuen bildet sich ein Katarakt
Des Eigensinns, wird eingegeistet bauchempfunden in der Dichtung.
Naturwuchs bleibt;
Er ist dem Himmel
Auf der Spur.

Was geht verloren? Alles ist im Wort.
Was ging hinüber zu dem großen OHNE?
Heut hat Gedächtnis jeder Tod.
Und was für Sturm vom Paradiese dort
Verbläst die Zeit, in der ich wohne?
Wir stürmen keine Zitadelle. Die ist fort.
Geblieben ist
Am Morgen
Sattes Abendrot

Kältestrom 1 (Vorm Absterben)

Unruhige Blicke irrn nach Nord und West
Zärtlichkeitsdefizite in der Suchtprovinz
Mit Eigensinn hält sie den Faden fest
Den Sehnsuchtsstrang des Innenlabyrinths.

Sodaß die Wörter in den Hintersilben dunkeln
Der Atem ist ihr viel zu nahe und
Sie stößt sich ab in ihm, hat dann im Schunkeln
Bloß ihren Blick beruhigt. Aus dieser Dämmerung

Steigt stolz das Labyrinth zum Außenfrost.
Sie geht von innen in die Winkelgänge
Erwärmt beim Stundentrinken ihre eigne Enge.

Die Wörter überziehen sich mit diesem Rost
Fallen zum Atempol. Doch eine Lächellänge
Erreichen sie die Blicke noch aus Süd und Ost.

Kältestrom 2 (Aschenjuchhe)

Er hat sich in den Sommer reingesetzt
So ist es leer geworden in den Helligkeiten
Beim Wörterschlucken hat er sich den Schlund verletzt
Nach Nordnordsüd blasen die neuen Schnelligkeiten

Der alten Denkspur folgend schlagen ihm die Herzen
Die dauernd Seelen pumpen in sein Wortgehäus zurück
Zieht er die Wortspur, gehen seine Sinne mit.
So bricht er Neuigkeiten aus den alten Eisenerzen

Aus allen Ecken dieses eingeseßnen Heutelandes
Stürmen die aufgeregten Echotöne
Als Aschentänze des verschwundnen Brandes.

So redet er in Ohren, die entlang des Sehnsuchtsstranges
Ihn dauernd nehmen – wie sie das Gedröhne
Der großen Stille nehmen für die nächste Szene.

Wintereinbruch

Raddautz und Larifari stießen
Unterm Knoten der Grenzhaut zusammen
Jetzt aalt sich das Schweigen blutwärts

Zwischendringlichkeiten werden akut
Die Nachttränen aus dem Taggejodel
Mildern nicht ab nun, deshalb
Steigt die Verlassenschaft
Entlang der Schreinasen auf

Bedeckt ists.

Kußwolken Hirschwinde Temperaturerben
Verbinden taghier mit nachtjetzt

Raddautz und Larifari
Segnen das Schweigen ab.

Kältestrom 3 (Redewand)

Auf der Redewand
Schreibt das schräge
Schweigen den hinteren Blick
Von morgen nach gestern
Ununterbrochen zurück

Unsere Körper
Gefoltert vom Sprechbaum
In dessen Schatten
Wir einander einleuchten
Was wir an Häutigkeit hatten

Sind uns die Redewände
Worden aus Schweigepanier
Zieht uns der vordere Blick
Heraus aus dem Sprechwald
Zur Böschung zurück

Rücken an Rücken betreffen
Uns unsere schrägen Pendel
Schreibt das die Atmung mit.
So daß alle mittleren Blicke
Einander zudunkeln im Stromgebiet.

Kapitel 4

Indianer und Windsbraut

Nullsucht 1

Die halbkoreanische Freundin schmatzt mein blasses
Gesicht
Mit spinnwebenen Küssen voll
Nach der Attacke stürz ich nach hinten, unser Gewicht
Ist noch verklungen am Fußboden und toll

Ist unser Treiben, alle Einseifereien zugewandten
Rückens.
Gegenseitig klingeln uns die Empfindungswörter
Aus der Schlafflucht. Zorniger April des Streckens und
Bückens
Du knirschst wohl bis zu dein Juli durch unsre
geschwätzigen Körper

Ich, halbwienerisch, hab gnug Springflut der Liebe
Mit den Affenschultern durchfedert. Tränen
Und Abertränen durchnäßten unser Aneinanderlehnen

Falls wir jemals in die üppigen Nullsüchte kämen
Könnten wir uns strecken und bücken im
Hinterrückstriebe
Daß wir ein Wort zeugen, in dem man gemeindet bliebe.

Lieblied 10

Und wenn dein Lächeln aufgeht
Schweben mir quer durch die Pupille
Wolken himmellos
Unten der Donaukanal steht.
Meine Glocken heben an, nackt und bloß
Kommst du über mich
Mitten in die Stille

Wenn ich in die Stille zuck
Schweben dann dir vielleicht
Nebel erdelos?
Wiederum ungenug
Die Schneelieb im Sommermoos.
Vom Schüttel bis Gröneland nichts
Was dir gleicht.

Sehnlied 1 (Zerstreuselt die Allerhandrosen)

1

Zerstreuselt die Allerhandrosen
Versickert oder auch ausgetrunken
Die ungefähren Blicke
An uns herabgesunken
Einer der tränenlosen
Abschiede vom Herzgerippe

Halseinwärts und abgetaucht
Puls aus Somna – schlägt dem Sehnlied
Gesammelt zum ganzen Stücke
Kauert meine Schneenlieb
Pilgerherzens ungebraucht
In der Abschiedsmitte

Wirft auf dich, auf dichtes Sommermoos
Das Dämmerlicht noch frühe Rosenfunken?
Doch da schwimmen neue junge Blicke.

Trinkst sie trinke hast getrunken
Sehnsuchtsvoll und augengroß
Sonnenseits der Abschiedsbrücke

2

Ach sturmverhangenes DU
Findst den schwärzeren ICHerich
Im Kleinen Bären.

Sinneher wachs ich dir zu
Schattenseits und sicherlich.
Zerstreuselt die Allerhandrosen im Ungefähren.

Sehnlied 2 (Ausschweifend liegen die Gepränge)

Ausschweifend liegen die Gepränge
Und glühn die Lustgehäuse
Winds- und sommerhin. Die Wörterschleuse
Drunten im Kiese. Kirre das Gestänge

Um das herum verwickelt ich. O mächtig vage
Ist das Geliebteste mir worn
Sodaß ich wiederum durch meinen Schädel rage
Und stille umgeh dorten stirnverzieret unverlorn

Da kommt hierauf die prunkene Bänge
Mein Morgengrauen hat sich festgezurrt
Am Blütenschneegewimper. O der Osten spurt

Die Kiesewörter in das Sommermoos. Und wurd
Zerstürzt am Gurgelfels der Lustpalast. Ich hänge
Am Wörterend. Ausschweifend noch die restlichen
Gesänge

Zuleide Romanze zuluste

Für Christine O

1

Elf Jahre sind vergangen
Seit du den Mandelblick
Getaucht in meinen Schnee
Elf Jahre sind vergangen
Darin wir abgehangen.
Die kommen alle mit
Heute zum Weißensee.

Immer wieder du. Wildfromme
In den Zeitekehren, ständig
Tauchst meinen Wort- und
Hautroman
Immer wieder du, Wildfromme
Ins Sickerlicht der Mandelsonne
Bescheint heut herzenswendig
Die Paradeiserbahn

2

Nein wirklich, Folklore, wie bist du verborgen blieben
Alle Zeit und tat ich dir nie was zuluste zuleide
Und können nicht gleichgültig voreinander verzählen
Was worden ohneinander. Durch Stockenboi
Hintereinander zum Weißensee hin liegen wir da
In der Wiese zerschnitten von unserer Geschichte.
Aggressiv Freund Bison neben mir

Auf dem Ellenbogen wegschlafend, im
Türkensitz lachend
Dauernd neben dir deine Freundin aggressiv,
aber heroisch
Deine Kinder. Du und ich hören den Puls nicht
Beim lärmenden Schweigen aufeinander. Schon
aber
Schnäbeln Aberglaube mit Aberwissen
Sehnsucht
Mit Fremdsucht Wunden mit Wundern nein
wirklich
Folklore wie bin ich verborgen blieben.

3

Elf Stunden sind vergangen
Seit dem Begrüßungsküßchen
In Villach an der Drau
Elf Stunden sind vergangen
Bis daß wir eingefangen
Das jahrelange Bißchen
Im nachtschwarzen Ungenau

Immer wieder ich, Kopfficker
In den Wortekehren, flüchtig
Tauch ein dein Fromm- und Wildidyll
Immer wieder ich, Kopfficker
Weglaufbursche und
Distanzbeglücker
In meinen Augensee. Schon
mandelsüchtig
Grunelt abgewendet das Gefühl

4

Ja möglich ich
Ausgebreitet und schonungslos
Mit dem Meinigen
In deine Atemlängen
Zuluste zuleide
Zugeschnitten, Folklore, sind die meisten
Der Sturmküsse auf Windsbräute

Ja möglich Folklore
Wirklich, wenn du das Deinige
Vor dir hertreibst, einbringst wie zufällig
In meine Atemkürzen
Zuleide zuluste
Zugespitzt, ich weiß, sind die meisten
Der Kontaktküsse auf Ohnlandindianer

5

Elf Stunden werden gehn
Bis ich dich jetzt erwarte
Im Klagenfurter Becken
Elf Stunden werden gehn
Elf Stunden bleiben stehn.
Ob ich die Atmung starte
Da Wunder die Wunden entdecken?

Immer wieder wirklich Folklore
Was ständig ging abhanden
Und dauert unter der Haut
Immer wieder wirklich Folklore
Stehn wir unterm Eingangstore
Du mit Windlicht. Ich in
Wörterbanden
Indianer und Windsbraut

Kapitel 5

Karststürme

Spätmittagstriangel (Pour Hölderlin X)

1

Was hat mich so teilzufrieden
So einvernehmlich im Gedankenbruch gemacht?
In giftger Zeit wachsen die Blumen. Wortlos
Die Orte, aber über meinen Himmeln
Ziehn Wörter noch und noch

Grasartig jetzt der Liebessinn, was hat
Geknickt die Baum- und Ast- und Kronen- die
Jetzt- und Demzufolgeliebe, pünktlich Leidenschaft.
Geflecht
Durchwächst die Menschenmengen, wurzelt
Ob Nacht ob Nebel teilzufrieden im Gelächel.

Ist Zukunft heut schon pflückbar?
Machen Gedankenbrüche über ganze
Kompakte Katastrophen solche Bitterkeiten wett?
So noch und noch herauf mit meinen Wörtern sickert
Furchtsamgeschäftiges ins immer noch Humose

2

Sitz ich, es staubt, vergnügt im späten Mittag
Lieg ich, die Kanzler schwefeln, traumlos bei den Fraun
Red ich, ob hochgerüstet oder totgehungert der Planet,
Zum satten Schatten meiner Nachmittage.
Die Vaterstadt zum Scheißen; doch ihr schlägt die Nachtigall.

Klage unter Astralgeflügel

In den Winkeln der Stadt, in der Milchgesicht- aber
schon Geierzeit
Zischen die von den Einöden öde Gewordenen
Aus ihrem wächsernen Leben heraus
Ihr Aberwissen. Geredeter Schrei

So gehn die Sonnen durch allerlei Schicksalsgestirne
Die sauren Bäume ächzen unter Fremdheiten Lasten
Allhier und alljetzt sind wir nimmer
Niemals. So stößt
Das Laub der Seele den Gestirnen auf.

Von überall her quacken die Einödigen
Durch lange Weilen Aschende
Die Aszendenten aus den Winkeln der Stadt
In der Geierzeit herüber zu uns

Daß mir sauer wird der Gedanke im Herzen.

Löwe und Jungfrau, Stier und Schütz
Irrn durch unsre Abendhimmel aber ich immerhin
Ein Widder mit dem Adolf
Im Sonnengeflecht hab bei Neumond
Schon wieder meinen Arsch
Allhier und alljetzt mit Birkenfichten
Verwoben zwischen den Lachsalven
Von Hundsblume und Katzenstart. Doch schon
Deuten in den Winkeln
Ausgewachsene Leute früher
Milchkinder bereits die Scheiße
Nach Osten ins Achte Haus
Ihren Hilfsschreien gemäß

Aber daweil sies zischeln und quackern
Stehn über ihren versteppten Innenbezirken
Die Geier
Ruhig und windstill denn Geier
Sind pünktliche Tiere, die einzigen
Götter des Aberwissens

Auf sie zu
Driftet die Zeit die leberzerfressene
Machtzeit und Nichtszeit.
Sie ascht
Ihren Vögeln
Die Herzgedanken alle.

Nullsucht 3 (Skizze eines Gruppentigers, Ö-Norm)

Vorlaufen in die Netze, hinter denen
Die Selbstentwürfe wie ein Alpenvorland hügeln
Mit Holodoro hinein ins Zukunftsgähnen
Paar Frauen, die dich möbeln, wässern, bügeln

Dabei Betroffenheit, sensibel Pfauenrad vom Steiß
Beinhart sich lockern, jeder spürt dies Reflektiersignal
In deinem Saunafrieden rieselt, was nicht gar, der
Plapperreis
Gnädige Nebel stehn im Roten Gesterntal

Geworden ist aus Angst und Phantasie
Ein Einziger in Schlapfen mit Naturgeld
Der trägt als Flinserl seine ganze Welt.

Zum Nichts zu stehn, als hätte er bestellt
Die Abendsonne für die Herrgottsfrüh.
Nachts Träume noch, Marat, Baal und Blanqui.

Karststürme aus Ritualien

1

Da die Sehnsucht keinen Wind mehr macht
Verfängt sich in den Erosflügeln Angststurm nicht
Sodaß das ICH mit sich im Hoffen ineinanderkracht.
Die Lust zu fallen karstet schon im Abendlicht.

Da stehn die ICHE statuesk in Klarsichtgruppen
Die Sehnsuchtsstränge sind besetzt von Ritualiens
Truppen.

Man sieht sie stucken, üben, ICH für ICH, wie so die Sau
Als Haß im Zärtlichkeitskostüm die Körper redend
macht
Es tritt die maulverworfne Spielgestalt mit Atmung und
Kalau
Ins Ritual, geht auf sich zu zur Ur- und Spürandacht.

Klettergedanken, weil sie trennen, frißt die Sau mit
Wonne
Die ICHE stehn relaxed in ihrer Körpersonne.

2

Fallsinne hätt ein jeder, jetzt sind sie gebannt
Sie sehn sich vor im Bann des Großen Vertigo
Der ICH fällt mit Gegrunz aufs ICH in dem
Matratzenland
Und Fallsinn selbstverfertigt hat Gebrauchsniveau

Fürs rituelle Leben hin zum Lebensritual
Gedankenefeu wuchert fern im hintren Jammertal

Wo aber an den Scheidelinien ICHundDU
Begriffe kletterten, die stets den Fallsinn striegeln
Wo also Traum und Spiel als Fremde kamen zu
Den Sehnsuchtskörpern, daß sie falln ins Fremde, dort
Ruhn die Kopfmaulwürfe bäuchlings unter Hügeln

So daß der Angststurm von der Fremdsucht her direkt
zum Körper kann.
Der tanzt sich was und karstet ein beim
ICH und DUgespann.

3

Denn Ritualiens Truppen sind ja gar nicht abgeschattet
Und kein Gedanke klettert aus den Scheidelinien von
den Körpern
Den ICHEN zu, begrünt nicht ihre Häute, sondern
Haut aus Eigenwörtern
Umgrenzt die ICHE: Angst alsdann, die bläht und
zwacket
Die quetscht und geistert in den ganzen Binnenörtern:
Die Sau muß an die Luft, rein in den Kreis, dort grunzt
sie und ermattet.

Im Ritus stürmt heraus aus dir, was du fallsinnlich warst
Zu uns bläst her der Sturm der Angst als Sturm vom Karst

Chronik vom Frühlingserwachen

A: VORNAME

1

Sie sitzt betrunken
Im eignen Gegrinse
Um sie ihre Clique, eine
Von den Künstlercliquen.
Der Blick flattert vom Nord
Durchtränkt raus aus der Augenlinse
Sie wurzelt schattseits
In den fremden Mitten.

2

Beteilt die Schnösel
Mit zornigem Schnöselwort
Steht auf. Fällt zum Hintern
Zerschunden auf der Scham. Den Dichtern
Ihrer Taille kugelt sie
Mit allen Spottkiemen ineinemfort
Um die Beine, zerbeißt ihnen die Socken.
Alle Sinne dieser Frau irrlichtern

3

Mir, Frostemann mit Südgier, lichtert
Die Tollfrau – ich spürs – mit ihrem Schmelzespalt
Hinterm Kreis durch ihre Knie durch sieht sie mich
Weil ich zu ihr wurzel, derweil sich begrünen
Die buckligen Bäume draußen, rund
Um die lichthungrige Frühlingsgestalt.

4

Ich näher mich ihr, drifte zu ihrem
Zerstürzten Arsch auf gemutterten Schienen.
Über sie verbeugt, rein in ihre vier Lippen
Flüster ich mein Wartenurbald
Verschlepp sie sogleich und lerchenflugs
Zu den Spannteppichen zwischen meinen Gardinen.

B: FAMILIENNAME

5

Das war es. Doch seither jedes geratterte Jahr
Pünktlich beim Frühlingserwachen
Drohen jäh vom Frostbusen her
Ihre Blicke irrzulichtern
Ich aber, Liebesgatte, abgewandt im Eigengegrinse
Warte bis ausflackert balde sie, Eisefrau, elastisch herznüchtern

6

Steht wortschüchtern schön in der Küche sie. Letztes
Frühlingserwachen allerdings und nachtigallflugs
Flatterte es nach Nord, sodaß sie mir zerbiß
Die Südgardine und fiel zum Hintern, beschiß die
Spannteppiche alle.
Mußt ich stehn bucklig draußen im Schneematsch. Das
wars. Sie kam um

7

Starb. Ich wurzelte weg von ihr auf versöhnten Schienen
Denn meine Frau kam um vor Lachen
Ich Trauermann allein inmitten unsrer Siebensachen

Kapitel 6

Die Wörter im Futter

Grußfußlegende

Sie kennen sich nicht guten Tag auch wenn
Der Tag im unendlichen Lächeln verdämmert
Sie kennen sich nicht sie schatten sich ab
Doch stellen sie
Da die Atemzüge aufeinander zufahren
Die Augen aufeinander ein

Was kennen! Saugpuppe Schleckbubi
Können ums Maul herum alles
Wohingegen die Namen
Die pünktlichen Namen diese
Lichtbögen verglosen

Guten Tag. Sie wünschen. Meinen Sauhund
Da uns die Mücken in den Nüstern summen
Überlasse ich Ihnen. Oh Du.
Gib die Pfote. Herzlich gestatten.
Angenehm. Oh ich.

Sie kennen sich nicht grüß Gott und herzlich sind
Verlassenschaften noch lange
Vögelnester neben den donnernden Atemzügen
Auf den buckligen Bäumen sind mückengeprüft
Sie kennen sich nicht sie
Essen aneinander doch im Dämmer
Der präzisen Augenlichter wachsen
Saugbubi Schleckpuppe ihren
Fleischlosen Namen entgegen

Mahlzeit Hochzeit der Sauhundewurf
Macht die Mücken in den Nüstern
So greis und stumm
Oh Du. Oh dein Atemzug. Liebe. Oh ich.
Mit den Pfoten zuerst
Fällt Herzensdämmerung ein.

Die Wörter im Futter

I

Jetzt muß ich durch den Rübenacker gehn
Dawo ich Rüben nicht und nicht kann leiden
Jetzt muß ich von den Kirschengärten scheiden
Dawo ich scheiden muß kann ich das, kanns nicht leiden

Sondern der Regen Kyrie juchhei
Ist immer dabei.

Jetzt darf ich Küsse trinken bis die Augen trocken
Wogegenhin ich lieber Wörter schlemper
Jetzt darf ich Brüste bürsten eh ich pemper
Wogegenhin ich sovielgern Wortwurzelfuzerln
schlenker

Sondern der Regen Kyrie juchhei
Ist immer dabei.

Jetzt soll ich Augen trocknen gleichsam Rüben zählen
Hinwiederum ich leidenschaftlich Ohren wasche
Jetzt soll ich Kirschenkerne aus den Augenäpfeln
schälen
Hinwiederum ich unbedingt nach Ohrengelsen hasche

Sondern der Regen Kyrie juchhei
Ist immer dabei.

II

Der Regen hat am Rübenacker sein Geweih,
Als ob nicht Bittres gnug schon wär dort, abgeworfen
Den Kirschengärten ist das auch schon nullerlei
Als ob nicht übergnug noch zum Verschorfen sei

Sondern ich ich untergenau
Tandaradei Tandaradau

Jetzt kommt die Sonn dazu, tut Wörter dünsten
Bis ihre Wortstammfuzerln in den größren Brüsten
sintern
Jetzt treibt der Rübenwind die Küsse zu den Wintern
Bis sie zum Salz sich dürsten ein Juchhei aus
Rübenkünsten

Sondern ich ich untergenau
Tandaradei Tandaradau

Jetzt muß der Rübenacker mit Geweihe durch mich gehn
Dawo er lieber bliebe dort er bitterlicher war
Jetzt haben Kirschengärten tantradeie ganz und gar
Sich adieut von mir, darf jetzt im Müdgesönn mich
rübenhaft versehn

Sondern ich ich untergenau
Tandaradei Tandaradau

III

Jetzt muß ich von den Regen also scheiden
Dawo die Sonne kommt, dadurche soll ich gehn
Darf Küssen Trocknen Scheiden Weiden
Und Rüben zählen, die in einem See aus Silbenfuzerln
stehn

Hinwiederum kann ich das gar nicht leiden

Wogegenhin die Wörter tandaradunst
Aufsetzen endlich ihr Gekunst
Kyrie eleison von verschorften Wegen
Brechen sie übergenau
Voll entkernter Brunst
Auf zum großen Kalau

Bis das Ganze in den Futtertrögen
Durchzogen sanft von Fuzerlmaische und
Kontaktkakao
Da wo zerbumst.

Heimatromanze
oder
Friedenslitanei Heimat Nacht Natur
(Pour Hölderlin XI)

Landloses Begreifen. Hängen im Geäst
Unter den Peitschen an beiden Armen
Aber aufgerissen im Arsch und fest
Tauchet das Abendlicht dieses Ichnest
In die Heimat Nacht. Beim Dritten Erbarmen
In der Mitte des Lebens beginnen zu reifen
Die Fröste, die Nebel, die Nebelstreifen
Hängt alles im Astwerk, das Morgenlicht läßt
Alle Peitschen als Flöten glänzend umgarnen
Sodaß um das Ichnest herum Gedanken schweifen.
Unübersehbar hocket die Heimatnacht im Gesträuch
und benäßt
Ihre Halme und Disteln, welche einst an den
Trillerpfeifen
Des peitschenschwingenden Westwinds erstarrten, ihre
steifen
Nächtlichen Grünungen warn von ihm gegens Astwerk
gepreßt
Suchten Zuflucht im Arsch bei den plötzlichen
Abendalarmen.
So hängt alles im Astwerk, als dort sich die Ichnester
häufen
Idyllen im verhangenen Abend. Ein zufriednes Gebrest
Mit den Nebeln aus Endzeit hockt bäuchlings im
Warmen.

Jetzt Flöten im Licht in der Frühe, als ob ein
Gedächtnisrest
Zum Gedächtnis wächst unten im betauten Gesträuch.
Verseifen, verseifen!
Schnell machet aus Gedächtnis Seifen, durchs Kraut die
Gendarmen
Mit verknüppelten Flöten und ausklingenden Peitschen
aus Ost und West
Schnalzen den Arsch in den Bauch in das Ich, vergesset,
vergeßt!
Allumher klirren die Fahnen, zusammengeschossene
Namen schleifen
Im Sterben noch eine Wildspur, als wollten sie warnen
Die Idyllen im Astwerk droben, die atemlos und im
Zusammenkneifen
Das Vierte Erbarmen erreichen wolln seis als Buchstabe
seis als Buchstabenpest
Die Heimat Nacht selbst aber schießt aus ihren Disteln
und Farnen
Die Nester vom Geäst herunter. An beiden Armen
Aufgerissen im Arsch: landloses Begreifen

Weil ich die Liebe halten wollte, aber versaugte

Sofern ich was will
Ists daß ich nichts gebrauch
Was sich gut und still
Also verkraucht in meinen Bauch

Abgehobelte Schnauzen
Und zugleich redestill sonder Form
Und dann Wasser in den Augenröten
Kann die Liebe sich verkröten
Hoffnungsreich verkauzen
Sofern ich was will, ist das Ich mir anverlorn

Behalt dein Lieblastiges, denn in dein Aug
Schwimmt blau so blau das pumpernde Mutterkorn
Sonder Form mein Geschweige Gelinde Getraude
Aus meinem Blick fällt Schnee, der legt sich
Zum Blütenstaube

Ich verehre zwar Faust (Nach Wladimir Wyssotzkij)

Respekt vor Faust, auch ehr ich Dorian Gray
Doch meine Seele wird der Teufel nie gewinnen
Auch mir weissagten meinen Todestag aus dem Kaffee
Höchst ungerufene Zigeunerinnen.
He du, oh Teufel, streiche mir das Datum nicht
In deinem schwarzen Buche an!
Hast dus bereits getan, oh dann verzicht
Kurz vor der Frist auf jenen Stundenplan.
Ich will nicht warten, während draußen Raben
Mit Engeln schwatzen schon in letzter Konferenz
Ich will nicht, daß die Leute was zum Kichern haben
Schnell streiche aus das Datum meines Ends.
Ach meine Seele ist schon überschneit
Mit Angst und Zweifeln und voll Endlichkeit.
... Ach was, Unsterblichkeit! Ich bitt
Um eine breite und bequeme Straße
Dazu ein Freund, ein Pferd für meinen letzten Ritt.
Demütig sei mein Kopf gesenkt, damit man mich
fortlasse
An jenem Tag. Und keiner schaue hinterher mit
Tränenblick

Kapitel 7

Besprechung der Venus

Sehnlied 3 (Nach den Hitzetagen)

Nach den Hitzetagen ist mein Blut nicht leer
Somna verblaßt nicht, die jetzt irgendunten
Den Stiefel ausforscht, vorneweg und schon stark
hinterher
Mag mir den Herbst verschatten, ihren spiegelbunten

Doch fällt schon Wasser aufs Kaffeehaus Gänsehäufel
In meinem Blute treiben hitzesüchtige Fragezeichen
Passiern mein Herz. Beim Unterpunkt die
schwebenackten Unterläufel
Diese Gedankenstrich, die gleichzeitig den Hodensack
erreichen

Mein Blut ist leer nicht, allzubald
Fall ich die eignen Traumstufen hinab
Gleite aus dieser Sommernacht in jenen Herbstetag

Und lach mich plump, da ich mich wieder mag
Ein kleiner Zauber; eine augenschüchterne Gestalt
Gibt mir die Atmung, nimmt sie, allzubald

Sehnlied 4 (Will ich mich haben)

I

Will ich mich haben als einen
Der nicht bös ist und nicht bohrt
Bin ich ruhig aber fort
Nichts zu lachen nichts zu weinen
Die Freundin im Juli
Ward zum bloßen Wort

(Macht sie sich das Leben ständig
Springt von Reiz zu Reiz
Bloß vorm Spiegel und notwendig
Lobt sie dieser andrerseits
Du Freundin im Juli
Herz des Sinneleids)

Will ich mich haben als einen
Der sich hat als Widersacher
Aufgeblasnen Iches Niedermacher
Überlaß das künftig keinem.
Gelassen die Freundin im Juli
Gewogen dem blonden feinen

II

Will ich mich haben als den
Der bös ist und bohrt sich ins Freie
Ich will noch paar Schwarzkirschen sehn
Bei Umarmungen außer der Reihe
Im Offnen läßt sichs gut gehn
Und mögen die Wunder geschehn

Will ich mich haben frank
Zum mich Verliern
Im Windlicht mit Lust
Süße das Spielverwirrn
Am Sehnsuchtsstrang
Ende August

III

Will ich mich haben als solchen
Der Fremdlingin ein Fremder
Laß uns durchs Gewünsche strolchen
Nächtens Bogenlichter heikler Körperränder
Und die Augen färben sich
Vom jungen Laub September

Lieblied 9

He du, gescheites Mädchen in Berlin
Mit deinen Augen sollst du mir
Die Hüften beide alsogleich belichten
Mich rückverwandeln aus den Wörtern in ein
Menschentier.
Von Worten hinter Wörtern mag ich dann berichten
Von Schichten hinter Schichten dir, du Zauberin

He ich, grad traumgetanzt in Wien oh Wien
Mit meinen Wörterpfeilen schieß ich dir
Ein Silbernetz geknüpft aus Ohrenherzen.
He du, was kannst denn du dafür
Daß ich mich weiger, deinen Zauber auszumerzen
Durch Scherze hinter Scherzen mir, ich Harlekin

Währinger Tanzlied

Und weil doch Vollmond ist
Nachts, haben die Schatten Saft. Währings
Gassen nehmen aufeinmal

Den Juni wie er ist.

Wächst mir mein Blick auch
Puls um Puls in die Gesichter
Die Gesichter. Ich muß tanzen

Mit meinen Freunden tanz ich

Rede weil doch Tanzmusik
Mich abergläubisch macht auf fremde Gassen.
In Währing Serpentinen nachts aufeinmal

Nehmen mich die Freunde, tanz ich

Wie ich bin. Erreich ich mich möcht
Jetzt die Sprache putzen, brechen
Die Gelenke derentwegen

Sie steife wurde in den Lagern

Und Brüste, denn ich tanze
Kommen, gehn in der Musik herum
Lustwandeln meine Hüften

Folgsam mein Herz die Schatten

Nachts durchsprenkelt ausgesternt. Bereit
Bin ich, so wie ich bin, zum Engelsturz
Blaß blasser Mond und Serpentinen

Fährt weg mich von Marlens
Geburtstagswirtshaus

Die schwarze Frau hinunter und nach Haus.
Im Morgengrauen fliegen
Die Junivögel mich

Ohn Federlesen in die Träume

Derweil ich mich heraufschlaf
Unterdessen hin und zrückerwach.
Aufeinmal nimmt der Serpentin mich wie ich
bin

Zu sieben seiner monddurchfloßnen
Kirschenbäume.

Die Reise nach Frankfurt

Ich schleiche verbogenen Blicks vorbei an den
Peepshowläden der Stadt
Frankfurt am Main geh aufrecht durchs zerschundene
Westend
Die Banken und andere Himmelsstürmgebäude der
Skyline im Augenwinkel
Langsam gehe ich mit den Wortschätzen in der
Umhängtasche zum Verlag

Wie selbstvergessen sitze ich mitten in der Stadt
Frankfurt am Main
In einem Zimmer im vierten Stock des Verlags aber der
Aprilhimmel
Durchschnitten und blaßblau doch bleibt mir im Winkel
ich nehme
Meinen Wortschatz aus der Tasche schieb ihn weg und
hin zu dem Menschen

Zu dem ich vorbei an den Peepshowläden durchs
zerschundene Westend
Hergereist kam von Wien oh Wien weit im Rücken spür
ich die
Augen der Meinen so daß die so durchsichtig gewordene
Lunge mir
Die Luft rauspreßt rüber zu dem Menschen am anderen
Ende

Des Schreibtisches atemlos sitze ich mir selbst zum
Trotze in Frankfurt
Am Main im Verlag meinen Kindskopf verbogen in der
Poetenvisage aber
Über dem Wortschatz am Schreibtisch reicht mir
Mensch Rainer
Die Hand und er lächelt da red ich wie aufgezogen
hinein in sein Lächeln

Später gingen wir beide bei heftigem April durch
Rothschilds Park
Später tranken wir beide den Apfelwein suchten im
Dämmer
Im Dunkel der mählichen Stadt Frankfurt nach
Zwischenwörtern solche
Ich mitnehmen kann in die Wienerstadt zu den Wörtern

Die ich noch finden mag am Drittag fahr ich weg aus der
Stadt
Hab noch geredet mit Micha und Dorothy sicher hab ich
geatmet in Frankfurt
Zurück ich zu den Blicken der Meinen weit hinter mir
jener Verlag
Und mein Wortschatz doch mit mir in der Atmung die
drei.

Nullsucht 2

Vom Speisewagen des Intercityzugs Prinz Eugen
Seh ich auf die Fabriken Schrebergärten Fußballplätze
Unterm gemarterten Himmel. Neben mir
Spielen viere Tarock, neben mir
Weintrinkend kommt Abend. Schön

Ist das alles es geht vorbei
Ruhig bin ich da ich schreibe und dasitz
Im Prinz Eugen der Fahrtrichtung gegenüber

Jetzt da es dämmert ist die Stadt Wels fort
Bald wird Linz fort sein und Sankt Pölten auch

Woher immer ich auch komm
Wohin immer ich fahr
Da bin ich.

Besprechung der Venus (Pour Hölderlin XII)

Sommerstill der Ozean im Bach
Ich bin nichts, sondern Unterwolken
Schlucken den Abendstern. Noch morgens
Entgleist das Licht im Wimpernkranz
So vieler Traumverdauer
Ringsum die Freunde

Die Freunde brechen auf
Der Nordhang vorn die Wiese
Der Bach quer, allerdings, nichts
Bin ich dort
Als jemals ich im Wasser
Die Oberwolken riß

Jemals der Ozean, längs
In einer einzgen meiner Tränen. Er
Der Südgenosse, jemals ein Eingeweihter ich?
Erreichen oben jetzt
Das Zitadellensims die Freunde, einer
Je und einer. Sie winken dort sie brechen

Bei heftiger Sommerstille
Ein ins Traumverdaute. Schäfchenwolken
Im Ried ringsum und drunten ja
Mein Bach mein Liebeszelt
Moos, eingesteint, versponnen vom Jemals;
Mit Morgenstern im Haar?

Kapitel 8

Draußzwischen

Lieblied 11

Undeutlich, Doree, und scharf in dieser Nähe
Bist du, wir ziehen durch die Städte.
Zwischen den Küssen in der Morgenröte
Kreist deine meine Gesternkrähe

Zugleich die Abendröte bitterlich und fern,
Doree, wir halten in den Händen
Sekundenbrüste und Minutenlenden
Kreist unsre Gesternkrähe um den Abendstern

Berlin Wien Frankfurt und nun Schweiz
Erst Feber Juni Jänner und jetzt März
Tiefste Küssenacht, Doree, so dämmerseits.

Der Morgenstern, er flackert sommerwärts.
Scharf schreit die Krähe: da bin ich und schreit:
Vermeids!
Und schimmert undeutlich, Doree, der Liebe rares Erz

Der Rindfleischesser (Nocturno)

I DER EINE

Und Rindfleisch esse ich und Rindfleisch
Um mich herum wachsen die Tode
Daweil ich Rindfleisch eß, werden sie gläsern
Sie spiegeln Den da duster, der das Rindfleisch ißt.

Ich fahre in das Rindfleisch da vor mir mit Gabul.
Da ist was Jauchzendes im Rindfleisch, wenn die Zinken kommen
Ins Innere herein. Von ferne höre ich mich lachend
Und schmatzen, schmatzend und küssen, küssend und jauchzen doch

Hier im Inneren
Reißen die Zinken
Das Schweigen auseinander.

Und Rindfleisch esse ich und Rindfleisch
Um mich herum wachsen die Tode
Daweil ich Rindfleisch eß, werden sie gläsern
Sie spiegeln Den da duster, der das Rindfleisch ißt.

Der eine Rindfleisch war ein Judenschläger
In Röttingen und in Würzburg und in Nürnberg
Eben begannen wir zu vergessen das Ojojoj
Unter den Kreuzrittern und wir stellten ihre Schreine ins Vorzimmer
Dort es modrig gnug war, daß die Angst versterben konnte.
Die Beine der Ritter lagen ruhig dort, grad als sie ausbleichten
War beim Passahfest wieder das tote Christenkind unter unserm Tisch
Der eine Rindfleisch war ein Judenschläger

Und Rindfleisch esse ich und Rindfleisch
Um mich herum wachsen die Tode
Daweil ich Rindfleisch eß, werden sie gläsern
Sie spiegeln Den da duster, den der Rindfleisch mißt.

Ich hab das Rind ganz gern zwischen den Zähnen.
Ohnedies
Versickern schon zwischen den Atemzügen die
kostbaren Pausen.
Die Genüsse sind ja ganz aus der Tiefe des Daseins
herausgeschwemmt
Und spannen die Oberflächen, hernach die letzten
bescheidnen Wasserläufer
Gut laufen können, dennoch rundum sehr vertrocknetes
Zeug. Die
Geheimnisse spiegeln gläsern ihre eigne
Verschwundenheit den
Davonhetzenden Gestalten in die Rücken. So wächst
dies Leben rundherum.
Und Rindfleisch esse ich ich kann nicht anders

Und Rindfleisch esse ich und Rindfleisch
Um mich herum wachsen die Tode
Daweil ich Rindfleisch eß, werden sie gläsern.
Sie spiegeln Den da duster, der das Rindfleisch ißt.

II DER ANDRE

Der andre Rindfleisch war ein Arzt
In der Birkenau oder im Buchenwald oder im
Lublinerland

Eben begannen wir zu vergessen die Schatten der Judenbuche
Unter den Eichen, schafften die Schrift ins Vorzimmer
Und Rindfleisch esse ich und Rindfleisch
Unsre Nasen standen gleich den andern Nasen
Im inniggeliebten Vaterhaus, fest hatten wir
Unsere Beine unterm Tisch im getauften Wohnzimmer
Sowie im ungetauften, doch knapp vor Ostern
Um mich herum wachsen die Tode

Knapp vor Pessach hörten wir Leute in unserm Vorzimmer.
Da kamen sie schon ins Zimmer und guckten unter den Tisch
Dort unsere Beine standen nahmen sie die Beine
Stellten sie Nase an Nase im Vorzimmer auf
Daweil ich Rindfleisch eß, werden sie gläsern

Im Vorzimmer, dort es modrig gnug ist
Daß unser Mut verstirbt ajaj . . . die Beine der Ritter
Fahren in die Bärte, die Schrift flieht unter die Rinde der Buchen
Der andre Rindfleisch war ein Arzt in Buchenwald und in Majdanek
Sie spiegeln Den da duster, den der Rindfleisch mißt.

III NOCTURNO

Soeben hab ich wieder Rindfleisch gessen
Fahr mit den Zinken meiner Gabul in das Schweigen
Zerreiß die Fasern, streue drüber Brunnenkressen
Ich schneid das Rindfleisch in sehr dünne Scheiben

Ich mag das Rind, wenns durch die Gurgel rutscht
Das kann kein Schwein so intensiv, kein Huhn
Da schmatzt mein Maul, ein Jauchzen ist im Schlund, es
hutscht
Mein Darm, ist selig. Die Tode wachsen ringsherum

Der eine Rindfleisch ist ein Arzt
Der andre Rindfleisch ist ein Judenschläger
Und wenn die Birke oder Buche harzt
Ziehen sie vom Leder.

Berliner Spaziergang 1

Habe am Olivaerplatz Quartier genommen
Sitze am Westbalkon mit Bett im Rücken
Kann mich zur Württembergischen hinunterbücken
Laß mich vom Licht, das Richtung Spandau geht,
besonnen

Das ist nicht alles. Unlängst trug ich eine
Bohrmaschine nach Charlottenburg hinüber
Am Rückweg überquerte ich die kleine
Niebuhrstraße und abermals und wieder

Seh ich nach Westen dort die Sonne jäh an Höh
Verliert und steht schräg hinterm Schloß Charlotte
Ich geh nach Süden, vor den Schenkeln die Karotte

Während das Licht abtaucht hinter dem Schloß und in
der Spree
Schneid ich quer durch den Kudamm meine Sehnkalotte
Und trinke roten Wein hinterm Balkon mit Dorothee

Unsere Gnade der späten Geburt

1

Die Ermittlungen
Im Hamburger Fall
Bullenhuser Damm, wo dem Kommandanten
Des Außenlagers von Neuengamme Arnold
Strippen die Erhängung
Von zwanzig jüdischen Kindern und
Vierundzwanzig sowjetischen Kriegsgefangenen
Angelastet wurde sind im April
Neunzehnhundertsechsundachtzig wegen
Verhandlungsunfähigkeit des Angeklagten
Eingestellt worden.

2

Aber neunzehnsechsundsechzig schon gab der
Zuständige Staats
Anwalt zu Protokoll: »Ich bin
Gegen einen
Prozeß, weil den Opfern sei
Über die Vernichtung
Ihres Lebens
Hinaus kein weiteres Übel zugefügt
Worden.«

3

Was haben doch wir Übriggebliebenen a Glück
Denn uns wird
Über das Verübeln
Unsres Weiterlebens
Hinaus keine weitere Vernichtung zugefügt.
Ma lernt.

Bin I

Denn am Horizonte
Der vagen Lebensgefühle
Lichtert dasjenige
Was verboten ist und schwesterlich

Darum liegt
Im Irrlicht diese
Wahrheit
Welche bei Berührung vergeht

Vorm Hölderlinturm spätmittags

Hölderlin isch it Verrückt worra
Graffiti am Turm

Und rundherum und eingesperrt
Und vertikal und unbewehrt
Und morgenstreifig umgetrieben
Ist er it alleingeblieben

So endet jede Schweigezeit
Schon zu Beginn der Ewigkeit

(Für C.)

Draußzwischen (Pour Hölderlin XIII)

1

Nichts als entlaufen! Dem Ich entwachsen bereits
Wunderblumen zart. Um ihre Wurzeln herum
Stauben Wunsch und Gewalt auch.
Nächtlich, hinterm Tag und ade.

Denn immer ist das Ich dem Ich unentbehrlich
Aber ich wachse doch nicht in das Ich hinein
Tragen kann mich keines, noch
Bin ich verlierbar an jedes

Nächtlich, hinterm Tag also entlaufen ins Du?
Diesem mit dem Wundergeblüte Geruch und
Noch Gestalt und Genuß sein?
Stets verborgen Wunsch und Gewalt?

Doch es staubt sehr stark zwischen dem Ich und dem Du
Und ich finde immer was ich suche. Immer
Finde ich mich im Fremden
Nichts ist fremd daher. Entlaufen!

2

Jetzt im Spätsommer ist er so vergangen daß
Ich aus dem Ich herauslauf. Jetzt bin ich zuerst
Irgendwas draußen. Sterne
Eingebildet hab ich sofort

Wenn ich – man tuts – zurückschau aufs sprießende Ich
Dämmert es dennoch und Sterne wissen von nichts.
Draußen ist alles und drin
Bin ich nimmer, ist nichts als das.

Ein gestirntes Etwas hüpf ich draußen umher
Gebläse vom Ich, doch gänzlich im Material
Schockt sowas den faden Herbst
Weil da was Fremdes die Zeit staut?

Was soll denn das sprießende Ich in der Natur
Anderes sein als ein Wunder? Ein Erstaunen
Ein Nebel zwischen dem Ich
Und mir, der ich kürzlich entlief.

3

Komm in den Schatten meines Mundes Fremdlingin
Gewalt ist allhier und alldort und dazwischen
Wünsche gleich Weinhauerei
Mögest du mir widerstehen

Sommer dahin. Gleichgültig ist jeglicher Herbst
Schon lang der Natur. Hinterm Tag und nächtlich wie
Überall rüstet bauchig
Jede Regierung ihr Volk ein

Es staubt so. Im Herzen des sprießenden Ichlings
In den lichtlosen Wurzeln der Zukunft hockt gut
Die Krätze. Was nicht sich ins
Vergangene hungert, fault jetzt

So ein Verschludern von Leben, das Verwüsten
Des Festlandes Ichwir ist selbst Leben und strotzt.
Überall strotzt es innen
Im Ich. Dem Ich zart entwächst es

4

Komm in den Schatten meines Mundes Fremdlingin
Staune mich zurück in deine Augen. Allhier
Alldort immerhin gibt es
Bewohnbares im Draußzwischen

Entlaufen dem Ich. Hinterherwachsen kanns jetzt
Bildet sich ein in die Haut als Etwas von Du
Wächst ins Innere schon nicht.
So Fremdsucht, gemasertes Ich

Die Nachtwächter des Herbstes sind kommen und sind
Betrunken wie jegliche Vorhut. Barbarisch
Wie sie aufs sprießende Ich
Brechen. Da riechen die Wunder

Im Winter bricht gar nichts, die Sterne beschimmern
Auch das. Mir Harlekin sind sie Windlichter längst
In den Schatten meines Munds
Gesternte Fremdlingin komm nun

Kapitel 9

Leuchtsalz der Tränen

Lieblied 12 (Die Balance der Donna)

Immerhin ringsherum fahl. Tränen führen
Leuchtsalz. Da ich dein Lachen häufig nahe
Mühsam steigend atemlos spüre, hält mich
Deine Balance

Droben im Norden Stille. Schwestern weit und
Gehen gegen die Zukunft krumm als ob die
Gegenwart bereits in der Erd und gangen
Hinterdrein klammert

Pappa und Mamma lieben gegenseitig
Ihres langsam und sowieso zu. Lebt es
Steinwärts grad auch. Jegliches Hin und Her tilgt
Was es geträumt hat

Deine Gespenster traumfett sehnen süchtig.
Du im Aug des Orkans indes die Nebel
Reißen das Licht. Leuchtsalz der Tränen zeigt an
Solches als Lichtung

Selber bin ich wie du gefangen aber
Rings ums Meinige laufen Witze oder
Scherzen magre Rauchnasen zwanghaft. Niemals
Hin. Nie beruhigt.

Immerhin ringsumher geschluchtetes Immer.
Lieben deine zehn Augen heftig, was sie
Hält und läßt. Ich Harlekin rühre mühsam
Steigend die Trommel

Deine Balance, Donna, meine Fallsucht
Haun mir ringsum entzwei was ich gestaltet
Bucklig immer noch phantasiert die Frühe
Windlichter dämmernd.

In diesem Lichte

1

Alerte Toscana. Zerbröselt unter den
Touristen durch die Stadt Siena bröckeln wir auch.
Getrübt der hochfahrende Blick bei den Türmen
San Gimignianos. Spät schaun wir da runter.
Nach Firenze zurück im Schnellgasverfahren
Und die Chiantiberge bleiben hinter den

Dämmergrenzen. Sehe ich Deutsche Leute sieht
Donna modische Italiener Männer
Alle und wechselndes Licht im Bahnhof Florenz.

Hinüber frühere Liebe von Umbrien
Vom Stern Andalus, dahin. Nach Padua kommt
Schnellzugverstummtes jetzt. Alerte Toscana.

2

Doch abgeschüttelt von Padua stolpern wir
Schließlich hinein in Vicenzas Tränenströme
Daß wir ausgewrungen vorm letzten Hotelbett
Uns ausziehen stumm und stumm herein nehme ich
In meinen windlecken Schlaf die fremde Sonne
Italiens, gedoppelter Süden, herein

Die Dämmer des Chianti und den bitteren Blick
Auf mich selbst auf Donna in diesem Lichte
Träume ich mich aufs neue zufremde, denn wann

Kann mir schon ruhig die Sonne wärmen das Fell?
Noch Sterne durchdämmern süße das Augenhaus.
Kurzum, ich schlafe mich leer in jenem Lichte.

3

Herauswandle ich doch von dorteben vorhin
Schlender über die Piazza dei Signori
Von den Hüften aufwärts versöhnt, abwärts aber
Gelassen geh ich durchs beruhigte Vicenza
Ein Früher wander ich in nördliche Richtung
Zwar tobte, hör ich, all die Zeit bloß Gewitter

Auf die ganze ständig zerstampfte Toscana
Ein Später bin ich kommen zum Park Querini
Dieser liegt buschig im Norden Italiens

Aber tief in Vicenza im helleren Jetzt.
Gegen ein Uhr seh ich wieder in mildem Herbst
Donna beim Dom in diesem Lichte in jenem.

Bin 2 (Unten drunten fort)

An meinen vergessenen aufgegebenen Wünschen
Willst du wiederholen was dich verzweifeln ließ damals?
Wo ein Scheitel mitten durch den Männerschädel

Doch ein gangbarer Weg ist, gehst du ihn auch mit
meinem
Schreinasensegen. Daweil ich bleibe im windlustigen
Unhaus
Meines Leibs. Im Endlichen ist ohnedies

Die addierende Angst die vorm Abend bißchen
Das Ungefähr bechert, mir der unentbehrliche
Schutztrunk.
Widerstehe doch. Leihe diesem Fangtraum nicht

Deinen wirklichen Leib. Bin unten drunten fort
Bis ich an der Vergeßlichkeit selbst mir den
Schreikobold
Herausmergle ins vage Geschimmer neuerlicher
Erinnrung

Empörung, denn entlang dieser Schreie stehen
Fremdheiten fremd und müssen sich beugen unter den
Schritten in denen ich draufwachse und unten drunten
weg.

Kapitel 10

Vergessedolden

Herbstkarte Österreich sechsundachtzig

1

Qualtinger tot ist
Ein neuer Kanzler dafür
Adieu Sommerlicht

Schlagende Wetter
In Linz. Atemgezerre
Qualtinger ist tot

Aber aus Kärnten
Die volkstümliche Hoffnung
Kleiner Mann ganz groß

Und aus Hollabrunn
Ein Erzbischof freundlich schubst
Uns gen Mariam

2

Im Café Alt-Wien
Auf den Rücken fällt Schürrer
Zorniger als einst

Zum Parlamente
Schieben sich krumme Grüne
Gegen Dümmre dort

Die Mitte so mief
Rechts sind sie biotümlich
Links sentimental

Herbstlicht tief drinnen
Neblig die Aussicht aufs Wort
Qualtinger tot ist

3

Qualtinger ist tot
Das Raimundtheater lebt
Auch tot ist Raimund

Das Theater wie
Lebt dieses Fernsehen gern
Wie fernschauert Tod

Kappen erschossen
Oskar Werner gerissen
Nichts mag mehr Prießnitz

Herbstend. Gegangen
Zu Qualtinger Schürrer. Sind
Solche wie Blumen

4

Arbeitslosenblau
Die grüne Steiermark. Zum
Schnaps pendeln Pendler

Ich und du am Zopf
Die Stadt Steyr, ihre Tränen
Über die Dörfer

Akademische
Verhökern ihre Psychen
Am Lustmarkt der Angst

Metallarbeiter
Schütteln die hohlen Fäuste
Beim Bier gewaltig

Von den Parteien
Verschißne pflanzen Mythen
Hin zu den Auen

Bauern brechen jetzt
In den Nebeln der Ernte
Das Brot Österreich

5

Juden am Rande
Slowenen grüß Gott, verletzt
Zigeuner wie je

Erschlagene Fraun
Und Schwule angstfrei niemals
Heimat bist Söhne

Ich und du am Zopf
Pornojäger im Beichtstuhl
Qualtinger tot ist

6

Das Vergessene
Ist durch die Lücken dahin
Ist Waldheim kommen

Endlich der Adolf
Weg aus Linz und auf Wien hin
Arbeitslos wieder

7

Tief im Herzen doch
Auf den Schlieren des Zeitgeists
Qualtinger leblos

Bericht vom Tableau der Betroffenheiten im Freien

1

Der Mann hat einen schwarzen Gang, möcht sich
Den Todeswipfelhimmel um die Lenden schwingen
Wenn nicht die Wiesen wären
Die Liegewiesen Trampelwiesen zugedeckt mit magren
Männern
Sie kippen oder buckeln und blocken ihn im Schritt

So bleibt der Mann im Stehgang, schwarz, und nur
Die Bildersilben der vergeßnen Wörter, als wärns
Gedanken, sinds auch schon,
Die ragen ihm aus seinem Kopf heraus beschmirgeln
Himmeloiden
Daß es aus Haaren magrer Trampelmänner rausstaubt

2

Was geh ich mich an, da ich keinen Himmel hab, dafür
Das Wurzelwerk in Hoden Leisten Damm
Die Männerlein die magren
Wenns die nicht gäb, die mir den Nabel quetschen, damit
Sie bleiben können, wo ich unter meinen eignen Haaren
bleib

Die Lenden aber will ein jeder Nachtwind grapschen
Die Monde spiegeln sich in ihnen, daß sie gelbe weithin
Und sichtbar mir am Leibe kleben
Weil ich die Wiesen nicht aus meinem Schritt bekomme,
gehts mich
Nichts an, wenn ich am Platz nun trampel unter jenen
Wipfeln

3

Was soll das alles werden bei den starken Innigkeiten,
welche
Der Schwarze Mann zu himmlischen Vergessedolden
hat, da ja
Die Wiesen immer da sind immer hier
Gekotet vom magren Naturen, rasiert am
Nachthalmspitz
Vom Bremsenflug, vernetzt mit
Kennichauchlängstpfaden

Der Mann hat einen schwarzen Gang und steht in ihm,
wir wissens.
Ist eingedeckt, vertümpelt aber heftig mit dem Kopfe
Zum Himmel denkend in den Wiesen blieben
Ein Mondfraß, schief beschienen von den andern
Lichtern und um
Die Wiesen haben all die Trampelmänner sich verhüttelt

4

So ist mir der Kontakt zum Ruhsanftgipfel, Opa Baum,
Um keine Silbe leichter worden aber das Getue und
Geleide, das
Geschäftige Gequetsche um den Nabel rum hat sich
Erledigt, muß ich plötzlich, als hätt ich Lust drauf,
heftig hüfteln
Die Schlummerdolden zittern gar, mir kommt der
Himmel.

5

Ich kann den Stehgang lösen, stampf im grashalmlosen
Im Dämmerschritt zu Kehlchenbläh und Denkverhau
Dortselbst ich mich verbuckel
Der Mann hat einen gilben Gang und stolzt nach
innenhin
Schwingt um die mondzerfreßnen Lenden sich den
Strauch der Berberitzen.

3. Splitter Kindheit (Zum Fortgehn von Franz Bönsch)

1

Mein alter Freund, nun bist du weggegangen.
Als ichs erfuhr, da ging ich dämmerblind
Zu meiner Kindheit runter, wo die tiefen langen
Schatten so unversehrt in mir lebendig sind.

Gut, du bist tot. Mit neunundsiebzig Jahren
Hast du genug gehabt, dem nie etwas genügte
Du bist vergnügt jetzt, der vor allem uns vergnügte
Besonders, wenn wir in den dunklen Stunden waren

Falls ich Humor hab, hab ich ihn vor dir
Und Sinn hab ich und Form im Tun nur durch Humor
Jetzt bist du tot, die Angst, das Babyaug, steigt hoch in mir.

Die ganze Nacht danach saß ich im Jetzt und Hier
Mein Augenwasser suchte bloß dein trocknes Ohr
Bis in der Früh ich lachen konnt, wie oft mit dir zuvor.

2

Zwei Tag nach deinem Tod bin ich in Prater rein
Hab mich beim Stadion zum Schta gestellt
Wo du gewartet hattest stets, steh ich beim Stein allein
Du gehst mit mir in unsre Austrianerwelt

Ach alter Freund aus Ottakring, dein Klassenkämpfen
War von der feinen Art, wo Marx, Lenin, Bert Brecht
Stehn neben Ocwirk, Stotz, Prohaska, denn es dämpfen
Die puren Spiele gut das Moll in den Kantaten tief im
Ohnerecht.

Damit aus einem Ottakringer Strizzi wird ein
Dramaturg
Bist du zu Fuß gegangen Sommer neunundzwanzig
nach Berlin
Wo der Piscator hockte in seiner Theaterburg

Vom englischen Exil mit dem Laterndl heimathin
Endlich zurück, und meiner Jugend zauberwilder
Demiurg
Bist du mir worden dieses lachende, dies rote Wien.

3

Doch weil du tot bist, rede ich von dir
Indem ich von mir red. Mein eigner Vater ging
Einst in den Dachautod, indes vom Tag die Nacht ich
fing.
Von mir war alles in den Lagern im Exil im Gas ich hier

In der zerstürzten Leopoldstadt judenrein im Ohrloch
die Sirenen
Den Bombern folgt die Angst, ein Schrein, ich hab
gefunden
Statt mich nach meinem Heldenvater wundzusehnen
Der Menschenväter drei. War fest daheim in ihren
Wunden

Jorge, der Mutter Freund, Spaniak aus Simmering
Mir in der Angst mein Mut, der Schrei in Lied
verwandeln konnte
Und OE, der Mutter Bruder, ich sein
Literatenfindelkind

Und du. Der Dritte, aber Drittelvater ganz
Der mit sein eignen Witz mir meine Sonderheit besonnte
Glaubst, du bist tot? Ich leb dich weiter, Franz.

Sehnlied 5 (Ballade im Nebel)

1

Ungeduldig sitze ich im Hafen Budapest
Bei den Computern haben sie die Warteliste innendrin
Gestern war Nebel hier bis jetzt sitze ich da
Will nach Berlin auch wenn ich ruhig dasitz in Budapest
Denn dort Doree um die so vieles von mir kreist
Was vorher um mich kreiste aber gestern war der Nebel

Heut ists viel klarer nicht ruhig sitz ich da und
ungeduldig
Damit ich dorthinkomm wo Augenblicke Körper haben
Nebel sich lichten oder reißen wegen der Konturen
Unserer Leiber die sind heikel und sind stur dabei
In Budapest hier ist der Nebel hoch und wenn ich
komme nach
Berlin Doree ists gut wenn ich dort bin im Schatten und
am Punkt

2

Maschinen sind nicht frei Gefühle sinds Maschinen?
Ein Vöglein bin ich nicht und nicht geworden sondern
Menschenaff
Schütt ich die Flüssigkeiten in mich rein wechsle den
Flugplatz
Sitz angeblichen da. Ein Vogel herzlos hat mich
angenommen
Mit dem flieg ich nach Wien zurück wie weit bist du wie
fernlos.
Der andre nach Berlin doch voll ist der mit Liebenden
mit Flutschenden

Kann sein daß einer im Galopp verliert sein Ziel, ihn
machts
Verrückt und ist mir Wurscht. Mit beiden Armen räum
ich
Die Hülse seiner selbst nach hinten flieg zu dir, ein
Vogel.
Die Nebel haben drin das Bittersüße, Tränkende,
verführn
Zum Glotzen, reiß ich mir heraus das Sehnaug werfe es
Im starken Ärger gegen diesen ruhigen Fluß der Dinge.

3

Was ich nicht bin bei dir das bleib ich wie im Nebel.
Rauchzeichen kannst nicht sehn und was die Pulse
machen
Kommt raus aus meiner Hülse, stapeln andre seitwärts,
so geht
Dahin was ich nicht selber geh ich kann nicht selbst
Vorauswerfen das Konzentrat des Ichs; du siehst
Wie hülsig jedes Ich als Hoffnungsspeicher arglos.

Und bin ich nix als dieses Ich wenn es nicht kommt
Zu seinen heiklen Rändern, Ränder andrer Zeiten
Anderer Gesetze, Störungskavalkaden, deine, Liebe.
Inzwischen ists in den Computern klar was also ich
Erfahr: Nach vierzig Stunden Budapester Nebelöd
Muß ich zurück nach Wien oh Wien oh Frustpuls süßer
Frierpuls

4

Und du Doree? Wie werden unsre Wörter scharf
Wenn wir nicht segeln zwischen allen Wörtern
Sodaß sie wesentlich auf sich geworfen leuchten
Und Lichter werden in den Nebeln Ichunddu
Worin wir uns verloren haben wiederfinden
Ich möchte vollmachen und unterpulsen
Trennungsräumereien

Daß sie vor ihrer eignen Ausgedehntheit zittern
Uns an den Körperrändern kratzen und wir spürens
Sind Lichtbögen und müssens sein Leben als Name
So bin ich da du dort dazwischen rufen wir uns Liebe
Entfliegen unsern Hülsen welche andre seitwärts stapeln
Sind ganz in uns zertrennt verräumt und fernlos ich dir mir.

5

Doree ich bin so hinterm Horizont und geh mit dir zusamm
Spott nicht solang du brennst und brenn den Nebel aus, ma flamme!

Nichts erinnert an Schürrer

1

Nichts erinnert an Schürrer
Der Ecksitz links im Alt-Wien
Der Platz vor der zweiten Bar
Als er auf den Rücken fiel
Vor dem gütigen Kellner Niki
Erinnern nicht an Schürrer

2

Im Asia früher Café Savoy
Ist er ein chinesischer Schnörksel
Aber im Drogeriemarkt Wienzeile
Vormals Café Dobner
Grimassiert er in den Rasierseifen.
Nichts erinnert an Schürrer

Geschrieben hat er ein dickes Buch. Verschollen
Ists in den Regalen der spärlichen Käufer.
Eingegraben hatte man ihn aber Herumstehende
Standen herum als endlich abwärts gelassen er. Sodann
Fortgingen die Trauernden aus Simmering heraus
Und nichts erinnert an Schürrer

Auch dieser Text erinnert ihn nicht
In keinem Buchstaben ist er vorhanden.
Dahin seine Gedichte die schönsten zuerst
Ungespitzt in die Ewigkeit sind sie
Gedonnert, nichts, auch der Donner
Gewichen ist er, es schneit bloß

3

Bisweilen, wenn ich stark trinke, das
Letzte Glas angsthaft stehnlaß mit dem
Rücken zu mir mich abstell dann und noch
Rufe: Schürrer
Ich komme! hernach ist er hier
Und donnernd lacht Schürrer

Bin 3 (Unter dem platzenden Himmel von Paris)

Unter dem platzenden Himmel von Paris
Der Stadt in der ich mich austräum
Fällt ins Gewicht Geharnischtes vom Bittersüß
Daweil ich seelenruhig die Lebenszeit umräum

Doch mit mir Donna wiederum im Café Dôme
Hier fällt ins Herz was kommt von allzufrühe
Worauf sie eingestimmt ewiglich rumrennt in der Bitterbrühe
Und süße küssen wir das Unsrige im kühlen Binnenstrom

Der Himmel platzt das ist Paris doch mir Café de Flore
Betrunkner Sartre einst betrunken find ich heut André des Artes
Immer mein Platz auf dem ich irisierte oft und stark am Platzen war.

Seit wann kommt mir Erinnerung wie ein verfluchtes Denkmal vor?
Flüstert Doree so gern Ganzliebe rein in mein verstopftes Ohr
Platzt der Pariser Himmel tief im Kopf mir aber Donna

Aber Donna stellt ihn dar

Nullsucht 4

Immer auf der Fahrt von Wien nach Budapest
Ist seit einiger Zeit der Frost dabei
Aber im Augenlichtrest
Sowie im Nervengeäst
Ist etwas was sich nicht greifen läßt

Immer auf der Fahrt von Wien
Nach Budapest
Ist mir das Begriffne nullerlei
Aus demda flieg ich nach Berlin
Damit dort ist, was hier schon sei

So muß ich wohl dorthin

Flucht

Der Jud hat schon
Wieder das Maul
Offen

Wolfgang Bauer, Dramatiker,
zu Georg Chaimowicz, Maler

1

Dumpf ists im Sonnenlicht. Was ist das Dumpfe
Das dir den Blick verweichlicht, deinen Körper
unaussprechlich
Macht, ein Hin ein Her im Sonnenlicht doch du gelöst
Von allen Kälten. Du, das Ichgelöste

Ein Mann mit Hemd und eine Frau mit Bluse
Ein Rudel Hemden grobe, ein Rudel hemdenlos
Die Horde Reisende von Ort zu Zeit von Zeit
Zu Garnichts und im Sonnenlicht das Dumpfe

Ich seh hinaus ein Flugfeld sehe ich
Doch keiner schaut vom Flugfeld her
Die Luft ist klar, wenns frostig ist
Ists frostig in der Luft, durchsonnt, durchlichtert.

Ich mit Kaffee daneben meine Tasche
Darin Adorno Huchel Regenschirm und
Hinter mir der Ledermantel der gelbe Schal
Zweiachsig hinter mir am Haken

Seh ich herein, mein Herz pumpt sich zuend
Groß macht das Herz so einen Kerl wie mich
Mit starkem selbstgeliebten Schatten
Sitz ich einher schräg unterm Ledermantel

Dumpf ists. Was ist so dumpf am Dumpfen
Daweil der helle Sonnenschein aus jeder Richtung mich
Und was ich seh durchflutet und bedeutet
Denn deutlich bin ich, allerhand und deutlich

2

Vermutlich angewurzelt sind die Kellner, ist
Verwurzelt ohnedies das in sich laufende Gebäude
Wächst nicht ins Flugfeld, wächst nicht andershin
Ist da, wos ist, ich drinnen dumpf und laufend

Da vorn der Mann mit Hemd, bei mir bin ich mit Schal
Die Blicke kreuzen sich, es klirrt, der Ledermantel
Schlägt mir die Beine und die Reisenden pralln auf
Die Umhängtasche Huchel Regenschirm Adorno

Wenn ich herausgeh, eilig geh zum Flugfeld
Schaut keiner aus dem Rückgebäud mir hinterdrein
Bin ich im Flugzeug, fliegt es allerorten
Landet zu allen Zeiten, lösend Dann von Da

3

Im Garnichts kam ich an, nun geh ich dumpf
Ohne den Schatten eines Koffers hin zur Sperre
Der Blicke, Klarluftfröste, Sprechbehörden und
Werde ausgesprochen längst; wie du, wie du.

Lieblied 13 (Pour Trakl)

Der Winter küßt die schneeverstummte Schüttelstraße
Unter dem Orionlicht, aus seinem Nachtaug fällt
Sein Träneneis, das ich durchmeß von innen aufgehellt
Von außen abgeschreckt quer ich die Friedensgasse

Vorm Wirtshaus atme ich den Nordwind aus
Die vielzunahe Jesuitenwiese deckt
Sich mit verkühltem Blattwerk zu, sie hat versteckt
Vergangne Launen tief im Atemhaus

Wie ich dich liebe und es bläst, ich trete ein.
Im Wirtshaus sitzen etliche stumm hinter ihren Nasen
Sind eiserstarrt und innenrum verblasen.

Du Zauberin im frostgevögelten Berlin. Zu mir herein
Treten jäh Schmerz und Lust und meine Pulse rasen
Der Schnee taut mir ins Aug doch auf dem Tische Brot
und Wein

Glossar

Ägina	Insel bei Athen
a Glück	ein Glück
André des Artes	Place St. André des Artes, kleiner Platz im Lateinischen Viertel von Paris
angebrunzt	angepinkelt
APA-Meldung	Meldung der Austria Presse Agentur
Austrianer Welt	Die Welt der Anhänger des Wiener Fußballclubs Austria
Baal	siehe Stück von B. Brecht
Blanqui	Blanqui, Louis Auguste, 1805 bis 1881, franz. Revolutionär.
Donaukanal	Vor der Regulierung Hauptarm der Donau. Trennt jetzt die Leopoldstadt von der Inneren Stadt (1. Bezirk), Landstraße (3. Bezirk) und Alsergrund (9. Bezirk).
Dreiviertelzwölf	Viertel vor zwölf
Flinserl	Einseitiges Schmuckstück im Ohr
Friedensgasse	Kleine Quergasse von der Schüttelstraße zur Rustenschacherallee
Fuzerl	Winzige Faser
Gänsehäufel	Eine Insel in der Alten Donau. Großes Freibad in Wien

Goschn	Fresse, Schnauze
Hau dich auf mich	Wirf dich auf mich, schmeiß dich an mich ran
Hau dich über die Häuser	Aufforderung, in der Urbanität abzuhaun
Hauptallee	Schnurgerade viereinhalb Kilometer lange Allee mitten durch den Prater
Heimat bist Söhne	Heimat, bist du großer Söhne: Eine Zeile der österreichischen Bundeshymne
Heustadel	Heustadelwasser im Grünen Prater in Wien
Hutschen	Schaukeln, Wiegen
»In diesen Nächten . . .«	Durch Verneinung abgewandeltes Zitat aus einem Lied von K. Wecker
it (schwäb.)	nicht
Jesuitenbäume	Bäume auf der Jesuitenwiese im Grünen Prater in Wien
Jesuitenwiese	Große Spielwiese, zwei Minuten vom Wohnort des Autors
Kagranien	ist gleich Kagran: Teil des 22. Bezirks (Donaustadt)
Kappen	Norbert. Deutscher Schauspieler
Knackwurst	dicke Wiener Wurst
Landler	ist gleich Ländler: ländlicher Tanz
Laterndl	Österreichische Kleinkunstbühne im englischen Exil, die

	die Wiedererrichtung des unabhängigen Österreichs mit künstlerischen Mittel propagierte. Franz Bönsch galt als die Seele des Laterndls.
Leopoldstadt	Zweiter Wiener Gemeindebezirk. Bildet mit dem zwanzigsten Bezirk eine Insel, weil von Donau und Donaukanal umflossen. Vor dem Krieg Mazzesinsel, weil der Großteil der Wiener Juden dort lebte, nach dem Krieg Glasscherbeninsel, weil besonders stark durch Bomben zerstört.
Lusthaus	Am Ende der Hauptallee im Grünen Prater gelegen. Einst Stützpunkt für Jagden in den Praterauen, heute ein Café-Restaurant . . .
Ma flamme (franz.)	Meine Flamme
Maladjez (russ.)	Prachtkerl, Tausendsassa
Ma lernt	Man lernt, wir lernen
Marat	Marat, Jean-Paul, 1743-1793, franz. Arzt und Revolutionär
mein, dein, sein	meinen, deinen, seinen
Merckx	Eddy Merckx, belgischer Radchampion
Ocwirk	Ernst, Mittelläufer, später rechter Läufer der Austria
Oskar Werner	österreichischer Schauspieler, 1922-1985

Ottakring	Der 16., ein großer proletarischer Bezirk im Westen Wiens
Owentlech (jidd.)	Abende
Pendler	Arbeiter, die eine größere Entfernung vom Wohnort zum Arbeitsplatz zurücklegen müssen. Sie pendeln aus.
Pessach	Das jüdische Passahfest, ungefähr zeitgleich mit Ostern, aber sehr unterschiedlichen Inhalts.
Prater	Herz oder Lunge der Leopoldstadt. Volksprater oder Wurschtelprater mit Riesenrad und dem Grünen Prater. Einst Jagdrevier des Kaisers. 1788 fürs Volk geöffnet.
Prießnitz	Reinhard. Österreichischer Dichter 1945-1985
Prohaska	Herbert, Mittelfeldspieler der Austria
Qualtinger	Helmut. Österr. Schriftsteller und Schauspieler. 1928-1986
Raddatz	Rabatz, Radau
Rotzpiepn	Rotznase, Lausejunge
Rustenschacher Nebel	Nebel auf der Rustenschacherallee. Trennt den Schüttel vom Grünen Prater.
Schlapfen	Pantoffel
schpejt (jidd.)	spät
Schranz	Karl Schranz, österr. Schifah-

	rer, Weltmeister, diszipliniert, ehrgeizig
Schürrer	Herrmann, österr. Dichter, inzwischen, am 29. November 1986, für immer am Rücken. Geboren 1928
Schüttel	Grätzel (Kiez) der Leopoldstadt. Heimat des Autors.
Schüttelstraße	Entlang des Donaukanals von Franzensbrücke zur Stadionbrücke. Wohnort des Autors.
schwefeln	schwätzen, daherreden, viele Wörter für gar nix
Schweigepanier	Panier ist gleich Panade. Außerdem ist Panier in Wien eine Bezeichnung für Kleidung. Ausgehpanier = feiner Anzug
Sibir	ist gleich Sibirien
Simmering	11. Bezirk, im Osten Wiens. Hier befindet sich einer der größten Friedhöfe Europas, nach einem Wort von Friedell ist er doppelt so groß wie Zürich und halb so lustig.
Simmeringer Lände	Straße entlang des Donaukanals. Vom Fenster des Autors zu sehen.
Spaniak	Spanienkämpfer. Selbstbezeichnung der Österreicher, die in den Internationalen Brigaden auf seiten der span. Republik gegen Franco kämpften.

Stallordner	ist gleich Stallorder. Befehl vom Stallchef
Stotz	Karl, Libero der Austria
strawanzen	herumflanieren, sich rumtreiben
Strizzi	Gauner, auch liebevoll und im nichtjuristischen Sinn
strolchen	ziellos wandern, flanieren
Tarock	In Wien sehr beliebtes Kartenspiel (mit Tarotkarten)
Trerelech (jidd.)	Tränen
Währing	18. Bezirk von Wien, im Nordwesten gelegen, eher schon vornehm
Waldheim	Kurt, umstrittener österreichischer Bundespräsident (wegen seines Gedächtnisses). Früher Generalsekretär der UNO

Inhalt

Kapitel 1
Königinnenschnee

Kapitel 2
Rattennacht

Kapitel 3
Aschenjuchhe

Kapitel 4
Indianer und Windsbraut

Kapitel 5
Karststürme

Kapitel 6
Die Wörter im Futter

Kapitel 7
Besprechung der Venus

Kapitel 8
Draußzwischen

Kapitel 9
Leuchtsalz der Tränen

Kapitel 10
Vergessedolden